Je Suis!

Deux petits mots qui veulent dire beaucoup!

DR WAYNE W. DYER

avec Kristina Tracy

Traduit de l'anglais
par Alain Williamson

Illustré par
Stacy Heller Budnick

Catalogage avant publication de Bibliothèque et Archives nationales du Québec et Bibliothèque et Archives Canada

Dyer, Wayne W.
   Je suis
   (Pied-de-vent)
   Traduction de: I am.
   Pour enfants.
   ISBN 978-2-89697-009-4
   I. Tracy, Kristina. II. Budnick, Stacy Heller. III. Williamson, Alain, 1958-   . IV. Titre.
PZ23.D93Je 2012   j813'.54   C2012-942205-3

Nous reconnaissons l'aide financière du gouvernement du Canada par l'entremise du Fonds du livre du Canada (FLC) pour nos activités d'édition.

Nous remercions la Société de développement des entreprises culturelles du Québec (SODEC) pour son appui à notre programme de publication.

Traduction : Alain Williamson
Infographie de la couverture: Nicole Brassard
Mise en pages : Marjorie Patry

Éditeur : Les Éditions CARD inc.
Siège social et entrepôt
Complexe Lebourgneuf, bureau 125
825, boul. Lebourgneuf
Québec (Québec) G2J 0B9 CANADA
Tél.: 418-845-4045
Téléc.: 418-845-1933
Courriel : info@editions-card.com
Site Web: www.editions-card.com

Les Éditions CARD inc.
Bureau d'affaires
407-D, rue Principale
St-Sauveur des Monts (Québec)
J0R 1R4 CANADA
Tél.: 450-227-8668
Téléc.: 450-227-4240

ISBN: 978-2-89697-009-4

Dépôt légal : 4e trimestre 2012
                    Bibliothèque nationale du Québec
                    Bibliothèque nationale du Canada

Limite de responsabilité

Chers parents, chers enseignants,

Je suis très heureux de vous offrir, à vous et aux enfants, ce nouveau livre. Mes années d'étude et d'enseignement m'ont permis d'écrire un livre pour les adultes qui s'intitule *Wishes Fulfilled*. J'y ai puisé le concept le plus important afin de créer ce livre pour enfants. Ce concept stipule que Dieu n'est pas séparé de nous, mais qu'il est plutôt une énergie vivante en nous. Lorsque nous devenons conscients de cette énergie, nous lui permettons de s'intensifier et de générer le bonheur pour nous-mêmes et les autres. Ce que je souhaite transmettre aux enfants par ce livre, c'est qu'ils font partie de Dieu et que Dieu fait partie d'eux. J'aime bien l'image suivante : imaginons que Dieu soit l'océan ; si nous puisons un seau d'eau de l'océan, est-ce que cette eau a toujours les mêmes propriétés que l'océan ? Évidemment ! Dieu est l'océan et nous sommes des seaux d'eau puisés de l'océan. Nous sommes pareils. Nous sommes un.

J'ai titré ce livre Je Suis à cause de l'incroyable pouvoir de ces deux mots. La façon dont nous complétons les phrases débutant par « Je suis » fait toute la différence dans la vie que nous créons et détermine si nous sommes éloignés ou près de la partie en nous qui se nomme Dieu. À la fin du livre, j'ai ajouté quelques mots au sujet de l'utilisation des mots « Je suis ».

Mon souhait est que chacun de nous reconnaisse l'amour de Dieu et s'unisse à lui.

Dr Wayne W. Dyer

Bonjour, mon ami !

Sais-tu qui je suis ?

Écoute bien ce que

j'ai à te raconter

et essaie de le deviner.

Les nuages, ces nuées blanches et grises
sont-elles mes demeures?

Ou est-ce dans un temple ou une église
que je passe mes heures?

C'est vrai,

je suis à ces endroits,

mais **seulement**

parce que je suis en toi.

Nous ne sommes pas séparés du tout,
où que tu sois, j'y suis aussi

je suis partout...

dans ton cœur et dans ton esprit

Tu es comme une étincelle brillante
issue de ma flamme étincelante
ma lumière est ta lumière.
Nous sommes un!
Nous sommes pareils!

Je suis tout ce qui est bon
et tout ce qui existe.

Je suis la **source**
de la douce chaleur
qui t'assiste.

Je suis la partie
de ton cœur d'or
qui partage et qui donne.

Je suis l'inspiration
derrière la musique,
les sports, et les arts.

Je suis la voix
que tu entends dans ton être
lorsque tu es en silence
et en détente.

Je suis aussi l'oiseau qui arpente
le rebord de ta fenêtre.

Je suis dans tous ceux que tu vois,
petits ou grands, jeunes ou vieux.

Je te le dis, crois-moi,
Je suis dans chacun d'eux.

Qui suis-je ? JE SUIS DIEU, ton meilleur ami

et il n'y a pas de distance

entre là où tu commences et là où je finis.

As-tu compris ce que j'ai dit? As-tu bien entendu?
Car ce que je t'ai appris
t'apportera des merveilles inattendues.

Tu vivras ta vie en me sachant à tes côtés
car nous sommes liés le jour et la nuit.

Sur ta voie,
  tu trouveras
    l'amour et la joie.

Et tu apprendras que
  les rêves se réalisent
    de l'intérieur,
      quoi qu'on en dise.

Ainsi ne cherche pas
dans le ciel bleuté
lorsque tu voudras me trouver,
regarde en toi
et je serai là.

La signification de « Je suis »

À la lecture de ce livre, tu as peut-être remarqué que plusieurs phrases commençaient par les mots « Je suis ». Ce sont deux des mots les plus puissants que tu puisses utiliser pour débuter une phrase. Mais ce qui importe surtout, ce sont les mots que tu choisiras pour compléter cette phrase. Chaque fois que tu débutes une phrase par « Je suis », tu crées ce que tu es et ce que tu veux être. Du même coup, tu démontres si tu es relié ou non à l'énergie de Dieu en toi. Ainsi, si tu dis parfois : « Je suis nul à ceci ou à cela », « Je suis laid », « Je suis stupide », ces mots t'éloignent toujours plus de cette partie en toi qui est Dieu. Au contraire, lorsque tu choisis de dire : « Je suis heureux », « Je suis gentil », « Je suis parfait », tu permets alors à la lumière de Dieu de grandir et de briller en toi. Essaie d'écrire quelques phrases commençant par « Je suis » et observe ce que les mots te font ressentir :

Je suis_____

Je suis_____

Je suis_____

Je suis_____

Je suis_____

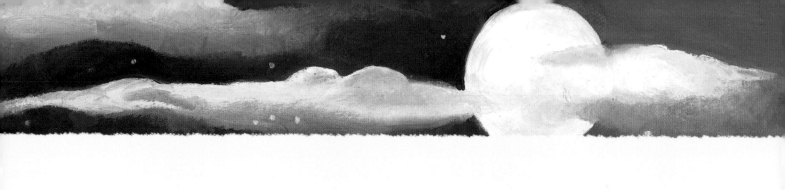